LETTRES PROVENÇALES

LETTRES

PROVENÇALES

par

ALBERT TRISTAN.

Diese Jahreszeit der Jugend wärmt mit aller Fülle mein oft schauderndes Herz.

Cette saison de la jeunesse échauffe avec plénitude mon cœur souvent frémissant.

GŒTHE

BRIGNOLES

Imprimerie de A. VIAN

1869.

A LA PHILOSOPHIE.

—

O Philosophie, honore d'un regard bienveillant l'humble offrande que je dépose à tes pieds sacrés !

Au moment d'entrer dans la carrière, j'éprouve un plaisir filial à te faire entendre encore les accents d'un aïeul dont la voix te fut connue et à m'écrier avec lui :

« Philosophie, reçois mes hommages ! C'est
« par toi que l'homme apprend enfin ce qu'il fut,
« ce qu'il est et ce qu'il sera ! C'est par toi que
« l'humanité réclame ses droits et les obtient !
« C'est par toi que la justice règnera seule un jour
« sur la terre. Déjà je vois les peuples, conduits

« *par toi, stipuler leurs intérêts, leur sûreté, leur*
« *liberté; bientôt tu leur enseigneras à stipuler leur*
« *tranquillité durable par des conventions récipro-*
« *ques, fondées sur la justice et leur indépen-*
« *dance. La paix alors et la concorde existeront*
« *parmi les hommes, et leur bonheur, que rien*
« *ne pourra troubler, sera ton ouvrage, ô Phi-*
« *losophie !*

TRISTAN.

—

LETTRES PROVENÇALES

LETTRE PREMIÈRE

SAINT-GENEST A ALFRED P.....

Lyon, le 23 Décembre 1868

Me voilà donc parti et déjà bien loin de toi, mon cher ami. Je n'aurais jamais pensé qu'un départ, attendu depuis si longtemps avec impatience, dût produire sur mon cœur une impression aussi profonde.

Mes plus chers projets étaient réalisés ; j'allais voir ce ciel du midi, cette terre natale de la poésie, cette patrie des troubadours ; le ciel grisâtre de Paris allait enfin disparaître de mes yeux ; les froids et tristes quais de la Seine allaient faire place aux rivages toujours verdoyants de la Méditerranée, et cependant quand j'entendis retentir les premiers coups de sifflet, quand je me sentis entraîner par la locomotive, j'éprouvai du regret de quitter ce Paris où ma jeunesse s'est écoulée et qui nous séparera désormais, puisque tu n'as pu vaincre les répugnances de ta mère à te laisser venir avec moi.

Me voilà donc parti.

Adieu Paris ! Déjà tes dômes et tes flèches se détachent seuls sur le ciel gris; déjà tu disparais dans la brume ; je n'entends plus que le bruit monotone du train oscillant sur les rails avec ses mouvements saccadés et son bourdonnement continu trop habituel. La locomotive haletante souffle, siffle et m'emporte loin de toi avec rapidité. Adieu Paris !

Ah, comme le souvenir du passé m'apparut alors ! Le tourbillonnement de la vie parisienne, mon cher ami, nous empêche de réfléchir et nous étourdit. Il faut songer à chaque instant aux plaisirs comme s'ils étaient des devoirs. Fêtes, soirées, bals, concerts sont trop souvent des ennuis qu'il faut subir par politesse.

Tu vas peut-être te récrier; mais souviens-toi de cette mémorable soirée où nous dûmes faire une apparition en cinq maisons différentes. Ne te rappelles-tu pas non plus la délibération comique que nous tînmes à minuit à l'effet de savoir si nous pousserions l'héroïsme assez loin pour aller présenter nos « respectueux hommages » à la corpulente Madame de B..... qui te fait les yeux doux, heureux mortel, et à qui tu ne sais montrer, ô ingrat, qu'un cœur indifférent.

Combien d'autres circonstances semblables où de prétendus plaisirs n'étaient que des sujets d'ennui !

J'essayais de me rappeler ainsi toutes ces petites misères pour me consoler de partir et de te quitter, mon ami, toi et ta chère famille ; mais je ne réussissais point à chasser de mon cœur la mélancolie qui l'envahissait. Je me rappelais nos jeunes années si vite évanouies, cette cour de Sainte-Barbe qui nous a vus grandir, ces couronnes pour lesquelles nous combattions ensemble, toujours amis quoique rivaux, et ces bonnes sorties du dimanche au sein de ta famille qui me fit oublier peu à peu le malheur d'être orphelin.

Mille choses que je n'avais pas assez remarquées à Paris m'apparaissaient alors. Je sentais plus vivement tout ce que l'affection de tes parents a fait de bien à ma jeunesse et tout ce que ton amitié avait de prix.

Ah, mon cher ami, bien peu de jeunes gens de mon âge ont été éprouvés aussi cruellement que moi ! Avoir à peine vingt-cinq ans et, si jeune encore, n'avoir déjà plus de famille, rester seul au monde ! Se trouver dans une position de fortune brillante qui pourrait du moins me faire espérer une vie agréable, et être obligé d'aller demander à un ciel plus clément le rétablissement d'une santé que les excès pourtant, tu le sais, n'ont point flétrie !

J'éloignais de moi autant que possible ces pensées tristes. Je me rappelais les paroles d'espérance que Madame P..... me disait lors de nos adieux. Je me souvenais d'avoir lu dans un ouvrage de médecine, (car je les ai tous dévorés) qu'on peut vivre encore longtemps avec un seul poumon; mais, je ne sais pourquoi, un sombre pressentiment se plaçait toujours entre moi et mes espérances et je me disais, cher Alfred, que tu ne verrais peut-être plus revenir à Paris le meilleur de tes amis.

Mais je ne veux point attrister cette lettre pour toi à qui la vie sourit, qui possèdes encore tes heureux parents, qui auras un jour également de la fortune et qui, par-dessus tout, jouis de la santé, bien précieux, inestimable, souverain. En outre tu aimes, cher Alfred, et je sais que ton amour est bien placé. Ne te chagrine point, mon ami, de n'être pas encore payé de retour. Il est bon peut-être de souffrir un peu. Tu sentiras davantage plus tard le prix de l'amour, si toutefois l'amour a du prix.

Tu me pardonneras de t'exprimer encore une fois cette restriction et de ne point partager complètement tes sentiments à cet égard. Les romanciers ont tant fait de l'amour l'éternel sujet de leurs élucubrations que j'ai fini par n'y plus croire, ne l'ayant jamais rencontré tel qu'on me l'avait dépeint.

La vie parisienne, connue plus à fond, n'a point changé mes idées et je crains bien de les garder longtemps encore.

Tu me pardonneras donc de te railler de temps en temps, par habitude, sur un sentiment que je ne puis comprendre, faute de l'avoir connu.

N'en continue pas moins d'aimer, quand même l'amour serait une chimère. Il faut à l'homme des rêves qui le charment, des illusions qui le bercent, des espérances qui le consolent et qui plus tard, réalités ou seulement souvenirs, remplissent encore sa pensée et le conduisent doucement jusqu'au jour fatal où tout s'évanouira sans retour, en tombant soudain dans l'éternel domaine des visions et du néant.

Heureux ceux qui peuvent se flatter de serrer dans leurs bras la seule image du bonheur, sa seule ombre !

Nous sommes tous destinés au malheur; il n'y a de différence entre les hommes que le degré de leurs souffrances. Nous naissons dans les cris, notre vie s'écoule dans les larmes, notre vieillesse dans les regrets ; la mort seule met fin à nos misères.

Il faut qu'un destin aveugle nous gouverne ! Une bonté infinie nous distribuerait plus équitablement les joies et les douleurs. Et puis, où est cet ordre tant vanté dans l'univers ? Je ne parle point du monde matériel qui roulera toujours dans le même cercle et dont les mouvements réguliers sont la conséquence d'une propriété de la matière. Non, j'ai en vue le monde moral, ce monde des intelligences, où rien n'est soumis à des lois fixes, où la liberté de l'âme donne à tout une physionomie mobile et changeante.

Où est la force qui le régit, la sagesse qui le gouverne ? Je ne vois partout qu'une inextricable confusion. Les sciences humaines s'y heurtent, le génie s'y égare. Un Platon y consume sa vie, un Socrate y boit la ciguë, un Pascal y perd la raison. Nulle part l'éternelle vérité ne rayonne. La tourbe des philosophes, des rhéteurs, des sophistes, modifie d'âge en âge les croyances reçues. Chaque siècle détruit à son tour ce que la longue suite des siècles passés avait édifié avec tant de labeurs. Mille erreurs obscurcissent la raison et l'incertitude règne dans les esprits. Et pendant que la philosophie marche à tâtons dans la nuit qui l'environne, le genre humain, comme poussé par une force mystérieuse et irrésistible, se rue tout entier à sa perte. Il se déchire de ses propres mains et nous assistons avec étonnement au spectacle étrange de ces royaumes qui se renversent, ces empires qui tombent, ces villes florissantes qui disparaissent : ruines antiques que la science moderne étudie avec vénération, témoignages irrécusables de la fatalité aveugle qui gouverne l'humanité.

Où est Babylone ? où est Tyr ? où Ninive ? où Palmyre ? où Jérusalem ? où Carthage ? et dans un avenir qui peut-être n'est pas très-éloigné, où sera Venise ? où Sparte ? où Athènes ? où la ville éternelle ?

C'est la loi, c'est le destin : le genre humain sera toujours la proie de l'éternel malheur.

Nos facultés, qui devraient être pour nous autant de sources de bonheur, deviennent maintes fois les plus sûrs instruments de nos souffrances. A quoi nous sert cette intelligence qui ne peut connaître ses destinées, cette raison qui s'ignore elle-même ? Que faisons-nous de cette volonté que n'éclaire aucun principe certain, capable de la guider dans le dédale infini des philosophies qui se disputent la surface de la terre? Reste la sensibilité qui parait destinée tout d'abord à nous faire goûter les plus douces jouissances et qui n'est trop souvent que la faculté de souffrir. Que peuvent faire de cette sensibilité ceux qui, comme moi, mon cher ami, sont attaqués aux sources de la vie par un mal inexorable ? Plus leur âme est sensible, plus ils sont malheureux. Elles ne sont point pour eux les douces illusions de la jeunesse ! Ils se sentent peu à peu anéantir. La fin du voyage est devant leurs yeux. La riante imagination, qui console tant d'infortunés, ne parsème d'aucune fleur la route désolée où le destin les pousse. Ils sont riches, ils ont du talent peut-être, on les courtise, on les honore, on les aime ; mais richesses, honneurs, amis, ils vont tout perdre. Ils ne songent qu'au fatal évènement qui se prépare. La triste pensée en est toujours présente à leur esprit. Ils veulent se consoler, ils veulent espérer, ils ne veulent point mourir, et quand ils ont bien médité, bien rêvé, bien espéré, une voix terrible leur crie tout à coup que, quand l'hiver sera passé, ils auront vécu peut-être.

Ah ! mon ami, tu frémirais d'horreur si tu pouvais lire toutes les pensées que le délire a fait naître maintes fois sur ce jeune front où l'espérance devrait rayonner et qu'assombrit le désespoir.

Un jour, le croiras-tu, cher Alfred, un jour la pensée de me détruire traversa mon esprit. Chassée d'abord comme un mauvais rêve elle m'assiégea longtemps encore, jusqu'au moment, où baigné de pleurs, je vis toute la folie de ces infortunés qui, dans leur désespoir, hâtent eux-mêmes l'évènement fatal qui les glace d'effroi.

Un second projet plus triste encore séduisit plus tard mon imagination égarée. Je venais de rencontrer dans les allées du Luxembourg un groupe de trois jeunes ouvriers que la boisson avait rendus chancelants. Ils fredonnaient un de ces airs joyeux où nos chansonniers ont noyé la raison dans le plaisir. L'air de béatitude qui enluminait leurs visages me frappa. Voilà, me disais-je, de pauvres ouvriers qui demain seront courbés sur quelque pénible travail. Mille soucis les dévoreront peut-être. Ils songeront à ce pain quotidien qu'ils doivent gagner à la sueur de leur front. Tant qu'ils seront en bonne santé ils ne craindront pas la misère. Ils auront bon courage et lutteront contre elle. Mais si un jour la pâle fièvre alourdit leurs membres décharnés, il faudra se rendre à l'hôpital. Telles seront leurs pensées de chaque jour. Aujourd'hui, au contraire, le plaisir illumine leur regard, l'illusion charme leur esprit. Leur pauvreté s'est évanouie. Arrière les soucis du travail, arrière les préoccupations de la misère. Ils sont heureux, leur imagination se promène de rêve en rêve, l'espérance embellit leur présent, la fortune leur sourit, l'avenir est à eux.

Me comprends-tu, mon cher ami ? Faut-il encore ajouter que mon esprit caressa la pensée d'oublier dans l'ivresse la mélancolie qui me déchire le cœur ? Je me rappelais l'exemple de tant d'hommes célèbres dont l'histoire nous rapporte les faiblesses. Je les avais tous présents à l'esprit, depuis notre Rabelais avec son pantagruélisme jusqu'à notre Musset, dont la vie fut remplie de tant de tristesses. Ah, combien le souvenir de Rolla tourmenta ma pensée ! Allons, me disais-je, buvons à longs traits la coupe de la vie. Que l'ivresse remplisse d'illusions et de chimères cette âme que la triste réalité assombrit. A moi le délire, à moi le bonheur ; à moi les rêves dorés et la douce somnolence d'un cœur qui ne sent plus ses blessures.

Tu ne connais la maladie que de nom, cher Alfred, et tu ne comprends peut-être pas toutes les souffrances d'un malheureux qui se sent mourir. La terrible certitude règne seule dans son esprit. Le désespoir affaiblit sa raison. Son imagination se complait à rechercher des remèdes héroïques, qui pourront l'avilir, mais qui du moins le rendront heureux. Enfin, te le dirai-je, j'allais céder ; j'avais déjà commencé à mettre en pratique l'effrayante théorie. Tu t'en souviens peut-être ; c'était le jour de cette élégante soirée où Madame de B..... me trouva tant de gaîté et d'entrain. Mais enfin la raison me revint : j'eus honte de moi-même et par un solennel serment je jurai de souffrir désormais avec courage et dignité.

8 heures du soir.

Je viens de parcourir au hazard les rues de Lyon. J'étais triste en sortant. Un soleil magnifique m'a ramené à la vie et à l'espérance.

J'ai voulu relire ma lettre. Tu la trouveras peut-être un peu longue ; mais tu me pardonneras, cher Alfred : j'avais besoin de répandre dans ton cœur mes plus secrètes pensées. Je me sentis plus fort contre les faiblesses à venir. Je ne pus cependant m'empêcher de laisser couler mes larmes.

J'employai alors contre l'émotion un remède qui ne m'a jamais trahi. Je levai les yeux vers le ciel, qui est encore au moment où je t'écris, d'une transparence inconnue à Paris, et où la lune a déjà assez de clarté pour colorer sur leurs contours les nuages blanchâtres qu'un doux zéphir emporte dans l'espace. Le calme et la résignation revinrent dans mon esprit.

Ah, combien de fois pour éloigner de moi les tristes pensées qui me rongeaient le cœur, combien de fois j'ai contemplé ce ciel mobile, qui semble façonné à notre image ; aujourd'hui calme et serein jusque dans ses profondeurs, demain sombre et terrible ; nous offrant tour à tour des spectacles grandioses ou charmants, toujours pleins de poésie et de douce émotion, — soit que la tempête siffle et rugisse au milieu des nuées sillonnées d'éclairs et que l'ouragan gronde au loin avec ces redoublements lamentables qui font gémir les vallées et jettent partout l'épouvante ; — soit que dans ces matinées indécises, où l'hiver lutte encore avec le printemps, le soleil vainqueur, perçant la nue de flèches dorées et dissipant la brume, rende soudain à la nature sa beauté luxuriante et son éternelle jeunesse, répande à profusion ces rayonnements qui font aimer la vie, cette douce chaleur chère aux vieillards et aux convalescents et ces teintes colorées que Milton ne voyait plus; — soit que par une de ces nuits d'automne où tout nous porte à la mélancolie, notre âme, rentrée en elle-même, écoute cette voix intérieure qui chante en nous et fait tressaillir les cœurs les plus déshérités, qui nous redit comme un écho fidèle les bruits tristes ou joyeux du passé, qui nous rappelle, heures évanouies, les jeux d'enfance sous les grands marronniers, les courses vagabondes dans les bruyères, les halliers aux retraites sournoises où l'on se cache, les nichées aux cris plaintifs emportées cruellement avec des cris de joie ; qui nous montre comme s'ils étaient encore là, dans leurs chaises favorites, le grand-père, aux cheveux blanchis, racontant ses belles batailles où les tambours battaient, la grand'mère, amie des têtes blondes, grondant doucement en disant : vilain démon ; puis qui évoque tout à coup les jour de deuil, la famille en pleurs toute habillée de noir, les grands parents couchés dans le cercueil, et, depuis ce temps là, les pèlerinages au cimetière avec de belles couronnes pour les bons amis endormis ; et qui, après nous avoir ainsi fait boire à longs traits la coupe amère et douce dusouvenir, laisse nos yeux mouillés de armes errer dans l'azur sans bornes et nos pensées flottantes se perdre en nos rêveries : — rêveries qui calment le cœur, contemplations qui le consolent, douce lumière qui le réjouit, chauds rayonnements qui l'inondent, spectacles sublimes qui l'enivrent et le transportent, sources jamais taries de beauté et de grandeur qui sur chacun de nos jours versent à flots la poésie et qui faisaient croire jadis à la sensible antiquité qu'une âme universelle résidait en cette voûte étoilée, vers laquelle, depuis six mille ans, tant de regards se sont élevés, pour répandre en sa muette immensité le trop plein des joies ou des douleurs.

Ah, mon cher ami, Goëthe l'a dit : qu'est-ce que le cœur de l'homme? J'étais triste en commençant cette lettre et mon âme est remplie maintenant de serénité. Me fais-je illusion ? Peut-être le soleil de Provence me rendra la santé, me rendra la vie. D'ailleurs je le saurai bientôt. Je pars ce soir à 10 heures 45, et demain je serai à Marseille. — A bientôt donc une lettre datée de la *Cannebière*.

LETTRE II.

SAINT-GENEST A ALFRED P.....

Lyon, 23 *Décembre* 1868, 11 *heures du soir*.

Tu me reconnaîtras bien là, mon cher : je viens de manquer le train. J'avais pourtant bien pris toutes mes précautions ; aussi je pense de plus en plus que nous sommes le jouet d'une fatalité aveugle. Juges-en d'ailleurs par toi-même.

Je m'étais hâté de terminer cette longue lettre qui t'a peut-être ennuyé. Je la ferme, je cours à la poste, je reviens à la hâte, je monte en voiture.

— Cocher, à la gare ! cinq francs de pourboire, si nous arrivons à temps.

Les rosses lyonnaises brûlent le pavé. Nous courons comme le vent, au grand ébahissement des collègues de mon automédon. Enfin la gare se montre à mes yeux. Je mets la tête à la portière pour regarder l'heure au cadran. Le train, je te l'ai dit, part à 10 heures 45. Il n'était que 10 heures 39. Je saute de voiture en m'écriant : Sauvé ! merci, mon Dieu !

On descend mes malles, les facteurs s'empressent :

— Pour quel endroit, Monsieur ?

— Pour Marseille.

Les lourds bagages roulent vers le bureau d'enregistrement.

Il ne me restait plus qu'à payer le cocher. J'ouvre mon porte-monnaie avec la frénésie du désespoir. O bonheur ! j'ai juste la monnaie nécessaire.

— Tenez, cocher; il y a cinquante centimes de trop mais cela ne fait rien : gardez tout.

Cela dit, je cours au guichet. Tout à coup je m'entends appeler :

— Monsieur !.... Monsieur le voyageur !....

Je m'arrête, je me retourne, je vois l'automédon descendant du siége et s'élançant vers moi.

— Monsieur, me dit-il, si c'est un effet de votre bonté, (*textuel*) je ne puis recevoir ces pièces : elles ne sont pas bonnes.

— Allons donc, vous badinez ; je vous les certifie pur argent.

— Ah, Monsieur, je ne dis pas le contraire, mais elles ne sont pas laurées.

Je les regarde tout ahuri et je vois avec terreur qu'en effet elles ne le sont point. Un autre que moi aurait volontiers donné au diable toutes les têtes souveraines non laurées. Mais tu comprends bien que je n'avais pas le temps de me mettre en colère.

— Voici vingt francs, dis-je ; donnez la monnaie ; dépêchez-vous.

— Monsieur, je n'en ai point.

Je me précipite vers un groupe de flâneurs.

— Ah ! Messieurs, je vous en prie, la monnaie de vingt francs, s'il vous plaît, mais en pièces laurées.

Personne n'en avait. Je cours alors çà et là avec effarement, en m'écriant : Qui a des pièces laurées ? Enfin, ô miséricorde ! un mendiant, qui se tenait sur les marches du vestibule, m'en donna, une à une, vingt bonnes et belles et flambant neuf. J'étais sauvé. Je paie, je cours, je vole, je me précipite au guichet. J'arrivai juste à temps pour me le voir fermer au nez, au moment où se faisait entendre l'inexorable sifflet du départ.

J'étais furieux et j'aurais volontiers traduit mon traître automédon en police correctionnelle, pour n'avoir pas accepté des pièces revêtues de l'effigie impériale !

J'avais déjà écrit à nos amis de Marseille pour leur annoncer mon arrivée et m'inviter à leur réveillon, si toutefois ils ont conservé là-bas cette bonne habitude parisienne. Je me promettais de trouver quelque plaisir à te décrire cette cérémonie et le cachet que lui peuvent donner les mœurs marseillaises. Je pourrai arriver encore à temps en partant demain matin par l'express de 7 heures 50 ; mais je crains bien que la fatigue du voyage ne m'empêche de profiter de cette agréable circonstance pour renouer les liens de l'amitié avec nos vieux camarades de Sainte-Barbe.

Plus j'y réfléchis, plus je suis furieux. Figure-toi que j'avais pris deux tasses de café pour me préparer au voyage, si bien que me voilà dans une insomnie maintenant inutile. J'irais volontiers prendre un vomitif, mais tu le sais, ce traître de café est un diffusif qui, aussitôt absorbé, passe dans l'économie et produit sur-le-champ son effet. Je profiterai de ce contre-temps pour te mettre au courant, puisque tu le désires, des premiers évènements de mon Odyssée.

Je me rappelle avec attendrissement le moment de nos adieux et la délicatesse amicale avec laquelle, écartant jusqu'à l'idée de la maladie qui m'éloigne de Paris, tu m'insinuais que mon séjour daus le Midi ne devait être considéré que comme un voyage d'agrément.

« Tu vas faire un voyage charmant, me disais-tu lors de nos adieux. Tu vas parcourir cette Provence, qui conserve tant de souvenirs de l'époque romaine et du moyen-âge. Tu vas visiter ses monuments, admirer ses paysages, étudier ses mœurs. Tu fouilleras dans le passé et tu scruteras le présent. Les ruines qui attestent l'ancienne splendeur des premières conquêtes de César ne te laisseront pas indifférent. Tu ne pourras contempler sans quelque émotion ces restes de la civilisation romaine ;

ce pont du Gard qui faisait l'admiration de Jean-Jacques Rousseau ; cette maison carrée, ornement de Nîmes ; ces arènes où les gladiateurs allaient mourir. Ne voudras-tu point fixer dans quelques lettres le souvenir de tes impressions et de tes remarques ? Je les garderai soigneusement et tu auras quelque plaisir à les retrouver un jour. *Olim meminisse juvabit.* »

Gagné par ton désir, je t'ai promis trop facilement une correspondance suivie, conciencieuse et descriptive. L'amitié m'a rendu imprudent peut-être. Je ne me suis pas demandé si je pourrais réussir à te peindre fidèlement ces ruines où vit le souvenir de Rome, ces horizons pittoresques qui ont inspiré les troubadours, ces paysages ensoleillés (1) où Méry voulait mourir. Mais puisque tu as ma parole, il ne me reste plus qu'à faire mon possible pour te donner une idée exacte des pays que je vais parcourir et te raconter avec quelques détails les petites aventures qui pourront m'arriver. Je compterai d'ailleurs sur ton imagination dans les grandes occasions.

Jusqu'ici ce n'est pas le cas, et tu n'auras pas à la prodiguer pour te figurer ce qu'est la ligne du Bourbonnais. De Paris à Nevers, l'œil irrité ne voit partout que le même horizon morne, sans vie et sans couleur,

Je me félicitai d'arriver enfin à Nevers. La ville, que je pus voir à la hâte, me parut un agréable petit chef-lieu de département, bien gentil et bien propret.

La Loire et la Nièvre en baignent le contour. Ce n'est pas là, paraît-il, un avantage très-désiré en temps de crue. L'inondation de 1856 avait été particulièrement

(1) *Qué souleyoun,* inondés de soleil.

terrible : aussi résolut-on à cette époque de se garantir une bonne fois des désastres à venir. On a fait depuis lors de magnifiques et solides travaux de défense. Ce bon Charles U....., qui m'a piloté dans la ville, me les a montrés avec une sorte d'orgueil, car M. V........, qui en a fait le projet, est son proche parent. Je leur ai donné d'ailleurs les justes éloges qu'ils méritent, pour avoir été très-ingénieusement conçus et très habilement exécutés.

Nous allâmes voir ensuite le célèbre palais ducal, résidence de ces bons ducs de Nevers qui n'ont pas laissé leur nom dans l'histoire de France. Cet édifice du XVIe siècle ne manque pas d'un certain cachet d'élégance qui en fait le principal charme.

Si tu ajoutes à cela le parc qui n'est pas sans beauté, la porte monumentale de Paris où se trouvent quelques vers assez faibles de Voltaire, la cathédrale qui remonte au XIIe siècle, et enfin l'inévitable caserne, tu auras tout ce qui s'impose, à première vue, à l'attention du voyageur.

Il faut un goût plus délicat de touriste pour découvrir la maison d'Adam Billaud, ce poète de la vrille et du villebrequin, menuisier que l'on décorait jadis pompeusement du surnom de *Virgile au rabot*. Charles U..... me servit de guide. La maison qui est petite, basse, n'a de valeur que par les souvenirs qu'elle évoque. Je suis obligé de t'avouer que je n'ai pas un excessif engouement pour ces demi-poètes qui n'offrent le plus souvent d'autre intérêt que le contraste de leur état et de leur ambition. Aussi je ne versai pas un pleur sur la ville de Nevers, quand je m'embarquai pour Lyon à minuit trente-quatre.

Une seule pensée me frappa assez vivement. Je me rappelai que les ducs de Nevers fêtaient ce simple menuisier logé à deux pas de leur palais, dans une misérable cabane où le procureur du roi aurait cru s'abaisser d'entrer. Je me pris à regretter les mœurs patriarcales de ce bon vieux temps où la noblesse sympathisait ainsi avec la poésie.

Combien j'avais tort ! J'y ai réfléchi depuis. La noblesse était illettrée. Elle se payait la poésie comme un luxe. On s'enorgueillissait de son poète, comme on faisait parade de son bouffon. Tous les deux n'étaient estimés qu'autant qu'on les payait.

Tout cela est de l'histoire. Les exemples abonderaient pour qui les voudrait citer. Mais il vaut mieux les laisser dormir dans l'oubli, par respect pour les noms de ceux qui les ont donnés.

Je ne puis résister cependant au plaisir, de m'emparer de cette occasion pour molester un peu la mémoire de ce faquin, qui, une cravache à la main, disait : *L'État, c'est moi.* On lui fait grand honneur d'avoir protégé les lettres. Je crois vraiment que ceux qui l'en ont loué n'appuyaient pas leurs éloges sur des raisonnements bien solides. Quoi donc, grand Dieu ! Voilà un homme qui s'empare chaque année d'une bonne partie des revenus de ce bon royaume de France, (car tel est son plaisir), et l'on rencontre des gens assez naïfs pour le féliciter de donner cent écus par ci, cent écus par là, un peu au hasard et quelquefois sans discernement. En vérité, je ne soupçonnais pas notre pauvre race humaine d'un tel besoin d'adulation. — Mais donnez-moi donc seulement la moitié des trésors que les Mazarin, les Colbert, les Louvois engouffraient dans la cassette très-chrétienne, et je vous promets, ô adulateurs aveugles, qui n'êtes pas cependant des génies de première classe, je vous promets de ne pas vous laisser mourir de faim comme ce pauvre Corneille, de ne pas laisser vos corps sans sépulture, comme on fit des restes sacrés de Molière, et d'avoir plus de tact avec vous que ce Louis XIV n'en eut jadis avec Racine, lorsqu'il fit mine de le disgracier et dédaigna de le regarder dans la galerie de Versailles.

C'est un spectacle vraiment plaisant de voir un Racine dédaigné par un Louis XIV. O philosophie ! quel mérite supérieur avait donc le second pour se croire tellement au-dessus du premier ? Pour moi, je n'en vois point. Ah ! pardon, j'oubliais. Louis XIV était fils de Louis XIII ou du moins passait pour tel, car rien n'est moins prouvé suivant Michelet. Il eut cette bonne fortune de naître dans le lit royal, lorsque tant de hasards auraient pu le rendre fils de ses propres laquais.

Certes, il faut le reconnaître, il faut le confesser hautement, c'était un insigne mérite que de choisir une telle entrée dans le monde et de fournir ainsi aux gazettes du temps une nouvelle occasion de faire miroiter cette phrase absurde : *La reine est accouchée d'un prince.*

Quant à ce pauvre Racine qu'avait-il à mettre dans la balance ? Il avait pris la peine d'étudier ces chefs-d'œuvres du théâtre grec, trop oubliés de nos jours. Il avait puisé dans Homère, comme à l'immortelle source de la poésie. Il y avait entrevu cette Andromaque, cet Astyanax et ces murs sacrés de Troie qui « n'espèrent plus de les revoir encore. » Il avait rendu à l'Iliade une seconde jeunesse. La scène retentissait de la colère d'Achille, les transports de Clytemnestre arrachaient des larmes et la douce Iphigénie excitait les ressorts les plus délicats de la pitié. Il avait cherché dans Tacite les mâles peintures et son élégant pinceau les avait reproduites dans leur vigueur première. Il avait ranimé cette Agrippine, fille, femme, sœur et mère des Césars; ce Néron sur les yeux de qui les courtisans composent leur visage. Les grecs et les romains ne suffisaient pas à son génie. Il faisait marcher sur la scène — et l'on sait avec quelle majesté — les prêtres de l'antique Judée. Il avait rendu à la bouche de Joad toute l'inspiration du génie biblique. Et surtout, par un suprême effort, il avait créé cette Phèdre « malgré soi perfide, incestueuse », tragédie la plus sublime qu'il y ait au théâtre, « chef d'œuvre de l'esprit humain, et modèle éternel, mais inimitable, de quiconque voudra jamais écrire en vers. »

Plus j'envisage de combien Racine l'emportait sur Louis XIV, plus je suis indigné. L'un tenait sa grandeur de lui-même, et l'autre du hasard. Le premier avait du génie, le second n'avait que de la naissance.

Tout roi qu'il était, ce *nec pluribus impar*, n'aurait pu produire un seul de ces immortels chefs-d'œuvre qui traverseront les siècles à venir et conserveront la mémoire de Racine dans l'éternelle suite des temps. Je m'imagine au contraire que Racine n'aurait pas eu plus de peine qu'un autre à prendre des places avec Vauban, gagner des batailles avec Turenne et Condé. Je me figure qu'il eût passablement administré le royaume avec un Mazarin ou un Colbert. Il me semble qu'il ne lui aurait pas fallu une extraordinaire grandeur d'âme, lors de ce passage du Rhin — trop célébré par Boileau — pour rester prudemment en arrière, et contempler, du rivage, ces bonnes troupes, qui, pendant ce temps-là, avaient la bonhomie de se faire écharper pour lui. Je me refuse à croire surtout que son cœur généreux eût jamais consenti à flétrir sa mémoire en révoquant l'édit de Nantes, et à ramener ainsi la France aux anciens temps de persécution et de barbarie, comme si la raison eût perdu son flambeau, et que le jour fût si loin encore, où ses rayons allaient soudain illuminer le monde.

Un Louis XIV disgraciant un Racine ! Un Louis XIV faisant dire à un Racine, par une madame de Maintenon, de ne plus paraître à la cour ! Un Louis XIV dédaignant d'accorder un regard à un Racine qui veut bien condescendre à l'honorer de ses hommages ! En vérité, mon cher ami, cela me met hors de moi-même. Je me sens irrité et indigné. — Ah ! lorsque, dans six mille ans, le vieil univers rajeuni verra fleurir des civilisations nouvelles, lorsqu'après bien des changements et des révolutions, l'Europe bouleversée ne conservera plus rien de son antique physionomie, quand notre France elle-même, ou détruite ou conquise, sera tombée à jamais dans le domaine de l'histoire, lorsque cette langue française qu'ont immortalisée tant d'écrivains illustres, de génies si différents, ne sera plus connue que des rares lettrés d'alors, oui, dans ce temps-là, l'équitable avenir, juge souverain des siècles passés, saura bien ranger cet orgueilleux Louis XIV, si toutefois il en conserve encore le souvenir, dans la tourbe innombrable des Ninias, Bélus, Nicanor et Compagnie, tandis qu'un autre Chénier redira sur la lyre immortelle :

Et depuis six mille ans Racine respecté
Est jeune encor de gloire et d'immortalité.

Morbleu ! il est minuit; l'indignation me faisait oublier qu'il est temps d'aller me préparer sérieusement, par un sommeil réparateur, à ne pas manquer de nouveau le train. Je me suis laissé un peu entraîner par la chaleur du sentiment. Mais ne trouves-tu pas que j'ai raison, franchement ? Pour moi, je ne pourrai jamais pardonner à Louis XIV sa conduite envers Racine, en pensant qu'elle fut peut-être la cause de sa mort.

J'aurais bien encore quelques petites choses à te dire. Je voulais te parler de Lyon avec quelques détails. J'ai vu la maison de la *Belle Cordière*, Sapho lyonnaise du XVIe siècle, « à qui beaucoup de péchés ont dû être remis. » Je te raconterai tout cela en abrégé dans ma prochaine lettre qui, je l'espère, cette fois, sera certainement datée de la *Cannebière*.

LETTRE III.

SAINT-GENEST A ALFRED P.....

Marseille, *le* 24 *Décembre* 1868.

Me voilà donc enfin à Marseille ! Je frémis encore de penser au trajet que je viens de faire. Huit cents kilomètres ! On reconnaît le progrès à de pareils coups. C'était là une dure pilule, n'est-ce pas? Aussi, tu seras étonné d'apprendre que le hasard me l'a dorée d'une manière qui ne laissait rien à désirer. Je pourrais bien te donner en mille à deviner l'événement extraordinaire qui vient de m'arriver. Mais j'aime mieux tout simplement te le raconter, car aussi bien tu ne mettrais jamais le doigt dessus.

Si je te coulais à l'oreille que j'ai vu cet élégant, démocratique, humble et doux esprit, « qui signe Louis Veuillot », tout escorté de ses odeurs et de ses parfums, causer d'esthétique, bras dessus bras dessous, avec Thérésa, tu le croirais sans peine, car depuis longtemps tu as remarqué le complaisant portrait qu'il nous en a tracé et l'étude profonde qu'il a dû faire de ses manières pour « emporter ainsi la gueule ».

Si je te confiais en tête-à-tête que Renan part pour la Chine et que les charitables bonzes de ce pays, animés d'un sublime esprit de miséricorde, lui préparent déjà dans l'ombre un assortiment complet de ces bonnes épithètes qui vous sanctifient un homme pour le reste de ses jours, tu me croirais encore trop facilement, car nous vivons dans un siècle de tolérance où la mansuétude éclaire la raison.

Si je te révélais qu'illuminé tout-à-coup par une vision d'en haut, j'ai vu, de mes yeux vu, le suave, miséricordieux et trois fois saint Vichnou, et qu'un rayon de sa grâce, éclairant soudain mon faible entendement, m'a montré dans tout son éclat et dans toute sa splendeur, la vérité de ses incarnations, miracles, prédictions, etc......, tu pourrais me croire encore, en t'écriant avec douleur : Ce pauvre ami ! Qui nous l'eût dit qu'il devait perdre la raison ?

On a vu bien des choses semblables arriver depuis Henri IV, qui premièrement fut converti, et secondement fut assassiné par un corréligionnaire de ces pieux hommes qui l'avaient exorcisé. Ce n'est donc pas d'un si mince événement qu'il s'agit. Il y va de bien plus. — T'ai-je assez préparé à recevoir la nouvelle d'une chose impossible, incroyable, invraisemblable? Enfin, cher Alfred, me croiras-tu? moi, le sceptique, l'incrédule, le railleur, j'ai manqué devenir amoureux.

O Veuillot, pardonne-moi! J'oubliai devant cette beauté tous les cosmétiques rances dont tes Odeurs sont farcies. Pardonne-moi: je trouvai plats et incolores jusqu'à ces sublimes sonnets où tu renfermas si pieusement les sentiments évangéliques qui débordaient de ton cœur charitable. Oui, je te connais, doux ami, tu me pardonneras d'avoir alors dédaigné ces vers immortels que se légueront d'âge en âge les générations futures.

Tu me vois, cher Alfred, dans un folâtre accès de gaîté, mais il faut avouer que de pareils sonnets le méritent bien. Je serais fâché, pour moi, que le saint homme ne les eût point publiés.

Tu vois que je raisonne, donc je ne suis plus amoureux; aussi, je l'espère, tu n'iras pas t'imaginer que le moindre sentiment soit resté au fond de ce cœur froid, impassible et qui se pique de l'être. Pour t'en convaincre, d'ailleurs plus sûrement, je te raconterai la suite de mon Odyssée dans l'ordre fidèle des dates, sans rien changer à mes allures, et je te placerai froidement et prosaïquement, en son lieu et place, la terrible galante aventure.

Nous en étions restés, je crois, à cette Majesté Très-

Chrétienne qui fit pendant sa vie un si joli nombre d'enfants avec une si mignonne quantité de femmes. Nous n'y reviendrons pas, Dieu merci !

Poursuivons.

Nous arrivâmes à St. Germain-des-Fossés vers quatre heures du matin, et comme tout est pour le mieux dans le meilleur des mondes, je me réveillai juste au moment de quitter cette gare. J'étais charmé de ce réveil. Je pus admirer alors la sauvage et belle nature des contrées agrestes que nous allions parcourir.

Ah ! grand Dieu, que de tranchées ! que de remblais ! que de viaducs ! Les archéologues recherchent avec passion les traces des voies romaines. Ils se plaisent à les offrir à notre admiration. Aussi n'est-il pas rare de rencontrer de certains retardataires, assez sottement épris du passé, pour nous vanter ces temps si fortunés et si regrettés, où ces bonnes et complaisantes diligences montaient en soufflant jusqu'au manoir paternel. Je ne serais pas étonné que Louis Veuillot éprouvât parfois un secret et malin plaisir à penser que toutes les détestables et diaboliques sciences modernes pourraient bien disparaître quelque jour dans une nouvelle ère de barbarie. Mais, Dieu merci, la science est une marcheuse intrépide, et Josué ne l'arrêterait pas aussi facilement que le soleil.

Il me semble parfois que ces mêmes Romains qu'on exalte pour abaisser notre siècle, nous admireraient les premiers s'ils venaient à renaître. C'étaient des hommes sensés. Leurs éloges ne seraient pas marchandés à ces travaux gigantesques qui font pâlir les leurs : ces puissants remblais, ces tranchées profondes, ces audacieux tunnels, ces hardis viaducs. Je ne serais pas surpris de voir des statues élevées par leurs mains aux génies heureux qui ont poussé si loin l'art des constructions.

Je quittai bientôt les pensées que faisaient naître en mon esprit les paradoxes de ce cher Veuillot. Je lui permis de crier sur les murs de Jérusalem : *l'art se meurt, l'art est mort*, et je laissai mes yeux errer à l'abandon sur les sites pittoresques qui fuyaient en arrière. Les montagnes se rapprochaient peu-à-peu, et bientôt le roc se vit à nu dans les tranchées.

A partir de Saint-Étienne la physionomie du pays devient carastéristique. A droite et à gauche, des rochers à pic, un sol noirci par la houille. On ne voit partout que magasins et approvisionnements de charbon. Quelle puissance de végétation il a fallu pour produire tant d'arbres et de plantes, et quelle suite de siècles pour les décomposer ! Je serais assez porté à croire notre pauvre globe terrestre plus ancien qu'on ne dit. Cela me rappelle un assez agréable passage de Montesquieu.

« Il y a des philosophes, dit-il, qui distinguent deux « créations : celle des choses et celle de l'homme ; ils « ne peuvent comprendre que la matière et les choses « créées n'aient que six mille ans ; que Dieu ait différé « pendant toute l'éternité ses ouvrages, et n'ait usé que « d'hier de sa puissance créatrice. »

J'espère vivre assez longtemps pour voir Louis Veuillot imprimer que les dires du président à mortier de Montesquieu ne sont d'aucun poids et que ce libre penseur n'était au fond qu'un « cuistre et un crétin. » Laissons-le dire et revenons à la houille. Elle est en si grande quantité qu'une station , par amour de la couleur locale, porte le nom de *Terrenoire*. Tu pourras le vérifier dans l'Indicateur.

De Givors à Lyon l'aspect change peu à peu. Le Rhône ne tarde pas à se montrer, impétueux et rapide. On passe au pied d'une colline qu'il baigne : on la contourne d'abord, puis on l'entame en tranchée et bientôt en tunnel, pour déboucher enfin dans cette célèbre gare de Lyon-Perrache, qui domine la ville et dont la construction a exigé un remblai de deux millions de mètres cubes.

C'est un exemple assez convaincant de la puissance des machines modernes, sans lesquelles un si vaste travail n'eût jamais été que bien difficilement mené à bonne fin.

On a donné maints fastueux éloges aux Pharaons pour avoir bâti ces antiques pyramides , derniers débris d'une civilisation disparue ; mais combien d'années a-t-on mis à les construire ? et que sont-elles en présence de ces deux millions de mètres cubes amoncelés comme par magie ? En outre, le cœur se serre, en pensant aux milliers de malheureux qui ont passé leur triste vie à bâtir, sous un ciel brûlant, ces monuments hautains de despotisme, comme s'il était bien nécessaire de déployer un tel luxe pour loger un cadavre, si royal qu'il fût.

J'éprouve un certain plaisir à penser que tous ces potentats, utiles enfin à quelque chose , étalent maintenant dans nos musées leurs augustes crânes et leurs grimaçants facies.

Je me faisais ces réflexions en entrant dans la ville. Je la parcourus seul, errant par suite au hasard. J'ai regretté sincèrement de n'avoir aucun ami qui me pût servir de guide. Quelquefois les princes, rois, empereurs, s'amusent à voyager incognito : cela ne manque pas d'un certain sel. On peut à chaque instant ahurir les hobereaux de toutes sortes, en leur disant d'un air mystérieux : Sais-tu bien, être inférieur de la création, sais-tu bien qui je suis? As-tu jamais désiré de voir le prince de Trink-Trünk, hein ! Et bien, je le suis!

J'étais donc fâché d'être par trop incognito. Ce n'est pas que le Rhône ne m'ait servi de guide jusqu'à un certain point. Je le remontai tout d'abord espérant avec raison que les beaux quartiers devaient s'appuyer à ses quais. Après avoir consacré mes premiers instants au fleuve et aux admirables ponts qui le franchissent, je m'égarai, à droite et à gauche, dans la seconde ville de l'Empire. Je ne pourrais guère te donner une idée exacte d'un tel imbroglio de boulevards, passages, impasses, rues et ruelles, n'ayant rien pu voir qu'à la hâte. Ce qui m'a semblé le plus caractéristique, c'est le quartier de la Croix-Rousse, construit en amphithéâtre. Cette disposition ne laisse pas de produire sur le spectateur un effet imposant. La vue en est vraiment splendide. Le soleil brillait dans un ciel sans nuages et me donna un avant-goût du Midi. Je présume que le climat de Lyon, intermédiaire entre ceux de Paris et de Marseille, est aimé de ses habitants. Il contribue sans doute à donner à la ville un air de propreté qu'on ne trouve pas toujours sous les latitudes pluvieuses du Nord. Les maisons sont bien bâties et non sans luxe. La rue Impériale, en particulier, peut lutter à cet égard avec nos plus fashionables boulevards de Paris. De larges trottoirs très-fréquentés et des chaussées du meilleur aspect ajoutent à cette élégance. Tout manifeste l'aisance d'une ville industrieuse et riche. Rien n'y sent la misère, et, pour ne citer qu'un de ces petits détails qui donnent quelquefois une idée plus juste des choses, sache (et admire) que les décrotteurs eux-mêmes, en pleine rue, offrent à leurs clients un superbe fauteuil de velours. C'est un luxe qu'on ignore à Paris.

Quant aux monuments sérieux de la ville, ils ne manquent pas.

Je pourrais bien te les énumérer comme j'ai fait pour Nevers : mais je réfléchis que cela est parfaitement inutile. Je prierai un jour Timothée Trimm de faire un article sur Lyon qu'il n'a jamais vu. Il prendra sur-le-champ un billet de première classe pour le *Dictionnaire de la Conversation* et te décrira, sans broncher, tous les coins et recoins de Lyon. Je te renvoie donc à ce futur article. Deux mots seulement de Louise Labé, la *belle Cordière*. Elle a sa rue à Lyon, rue respectée. J'ai vu sa maison. On m'a vendu à la porte un mignon volume de ses poésies avec un sonnet autographié. Je t'envoie le sonnet de cette nouvelle Sapho.

Oh ! si j'estois en ce beau sein ravie
De celui-là pour lequel vais mourant ;
Si avec lui vivre le demeurant
De mes courts jours ne m'empeschoit Envie ;

Si m'acollant me disoit : Chère Amie,
Contentons-nous l'un l'autre, s'asseurant
Que jà tempeste, Euripe, ne courant,
Ne nous pourra desjoindre en notre vie ;

Si de mes bras le tenant acollé,
Comme du lierre est l'arbre encercelé,
La Mort venoit de mon aise envieuse,

Lors que souef plus il me baiseroit,
Et mon esprit sur ses lèvres fuiroit,
Bien je mourrois, plus que vivante, heureuse !

Que dis-tu de ce sonnet ? Ah ! si Veuillot était assez de nos amis pour nous en faire de pareils !

Il est plaisant de voir avec quelle impudence le pauvre homme nous soutient et croit nous démontrer qu'un semblable « vieux sans-souci d'eunuque » a « droit au sonnet ». Halte-là, Veuillot ! La poésie est au-dessus de tes moyens, mon cher. C'est par d'autres gens qu'elle se laisse caresser. Fais prudemment comme Démosthènes et n'achète point trop cher un repentir.

Montesquieu nous fait entendre quelque part ces naïves exclamations de nos bons ancêtres : « Ah ! Ah ! Monsieur est Persan ! C'est une chose bien extraordinaire ! Comment peut-on être Persan ? » comme ils s'écrieraient aujourd'hui avec plus de raison : « Ah ! Ah ! Veuillot fait des vers ! C'est une chose bien étonnante ! comment peut-on faire de pareils vers ? »

Je n'ignorais pas que cet auteur se distingue par un certain aplomb, une certaine vergogne ; mais, en vérité, je ne me lasserai jamais d'admirer comment il a pu livrer ainsi sa muse à la risée des honnêtes gens.

Quels vers, bon Dieu ! Pour s'en faire une idée, il est absolument nécessaire d'en citer.

> Et fiers de tant peser, *épanchant des adages* (!!)
> Estiment de nul prix tout autre être vivant !
>
> Ils sont *placés*, rentés, et rien plus ne leur *chaut* (!)
>
> Nous n'avons plus besoin pour rien d'un ciel propice.
> L'homme vit par lui-même ; il fait, *par artifice*,
> De l'argent, du guano, du bœuf, des rois, du vin.
>
> Autour d'un arbre mort, le rimeur *accroché*
> Baisse son front couvert de *hontes non pareilles*.
>
> C'est mal léché, dit-il, c'est trop cru, trop nature,
> Et par d'autres côtés encor peu réussi.
>
> Le *Lion* tombe souvent dans le tort que voici :
>
> Quoi de plus faux qu'un *lion* bonhomme ? Et de moins juste
> Qu'un petit *lion* qui fait *transir* l'homme robuste ?

O Poésie ! O Muse qui ne ceins point ton front d'un laurier périssable ! O vers sacrés d'Homère qu'Alexandre emportait avec lui dans une cassette précieuse ! O Virgile, ô Euripide, ô Sophocle, ô génies de tous les temps qui pensiez que « les beaux vers sont des pensées fortes et vraies exprimées en vers harmonieux » !

Maltraiter ainsi la poésie française ! Pourquoi, Monsieur, avez-vous fait des vers ? de quel droit ? qui vous l'a dit ? Vous sentiez-vous la verve nécessaire ? Connaissiez-vous les règles de la césure, du rejet, de l'enjambement, et même, ô écolier déplorable, les notions élémentaires de la quantité ? dans quel dictionnaire de rimes avez-vous lu, Monsieur, que *lion* n'ait qu'une syllabe ?

Écoutez, prosateur !

Je m'en émus assez : mais eussé-je espéré
De réprimer la soif d'un *lion* altéré.

ROTROU (Saint-Genest. — Acte III, Scène IV.)

C'est par cette valeur qu'il tient de votre sang
Que le *Lion* Belgique a vu percer son flanc.

CORNEILLE (Poëme sur les victoires du Roi.)

C'est pour toi que je marche : accompagne mes pas
Devant ce fier *lion* qui ne me connaît pas.

RACINE (Esther — Acte I, Scène V.)

Que tout, jusqu'à Pinchesne, et m'insulte et m'accable,
Aujourd'hui vieux *Lion* je suis doux et traitable.

BOILEAU (Épitre V)

Je veux bien ne pas vous citer cet impie et abominable Voltaire. Apprenez seulement qu'il n'y a pas même jusqu'à Pradon, ô Monsieur, qui ne se conforme du moins aux premières règles de la versification.

Ces *lions* déchaînés, ces monstres de l'Afrique
Dont la férocité dans Rome pacifique

Sembloit s'estre adoucie en quittant leurs déserts,
De leurs rugissements n'osoient frapper les airs.

PRADON (Régulus — Acte II, Scène I.)

Son Hippolyte dit à Aricie :

Solitaire, farouche, on me voyoit toujours
Chasser dans nos forêts les *lions* et les ours.

PRADON (Phèdre et Hippolyte — Acte I Scène II.)

Enfin Marot lui-même (cela date de loin) écrit *à son ami Lyon*

Je ne t'escry des dames de Paris
Tu en sçais plus que leurs propres maris.
Je ne t'escry qui est rude ou affable.
Mais je te veux dire une belle fable,
C'est à sçavoir, du *Lyon* et du Rat.
C'estuy *Lyon* plus fort qu'un vieux Verrat
Veit une fois que le Rat ne sçavoit
Sortir d'ung lieu, pour autant qu'il avoit
Mangé le lard et la chair toute crue
etc.

Mais à propos de fable, je pourrais vous écraser, Monsieur, de celles de La Fontaine :

Le Lion, — Le Lion et le Pâtre, — Le Lion, la Chèvre, la Génisse et la Brebis, — Le Lion abattu par l'Homme, — Le Lion amoureux, — Le Lion s'en allant en guerre, — Le Lion et le Chasseur, — Le Lion et le Moucheron, — Le Lion et le Rat, — La Cour du Lion, — Le Lion devenu vieux, etc.

Je vous rappellerai seulement, Monsieur, la fin de cette dernière fable. Vous auriez pourtant bien dû vous en souvenir pour l'avoir pratiquée en maints endroits de vos Odeurs.

Le cheval s'approchant lui donne un coup de pied ;
Le loup un coup de dent ; le bœuf un coup de corne.
Le malheureux *lion*, languissant, triste et morne,
Peut à peine rugir, par l'âge estropié.
Il attend son destin sans faire aucunes plaintes,
Quand voyant l'âne même à son antre accourir,
Ah ! c'est trop, lui dit-il, je voulais bien mourir,
Mais c'est mourir deux fois que souffrir tes atteintes.

Je m'aperçois, mon cher Alfred, que la place me manque pour te conter l'événement qui a failli me rendre amoureux. J'en veux à ces méchants sonnets de m'avoir assez mis en colère, pour me forcer à remettre à ma prochaine lettre le plaisir de te parler d'une aventure, dont le souvenir, quoi que j'aie dit plus haut, m'est peut-être plus cher qu'il ne convient à un philosophe qui voudrait rester impassible.

Je pourrai aussi te parler du réveillon, j'y suis invité dans toutes les règles par tous nos amis qui ont eu la courtoisie de m'attendre à la gare.

P. S. Et la corpulente Mme de B..... *Quid novi* !

LETTRE IV.

SAINT-GENEST A ALFRED P.....

Marseille, 1er *Février* 1869.

Je rougis de honte d'être resté si longtemps sans répondre à ta bonne lettre du mois dernier et te féliciter des progrès que tu fais de jour en jour sur le cœur de ta cruelle. Donc tu as été son cavalier favori au cotillon... Heureux homme !... Je te remercie des détails charmants que tu m'as donnés sur tout cela, je n'ai pu m'empêcher de sourire en apprenant le dépit de Madame de B..... et la mauvaise mine qu'elle t'a montrée. Aussi bien c'était pour elle jouer de malheur que d'inviter à son bal la seule beauté qui ait pu lui ravir le cœur de l'ingrat qu'elle comblerait si volontiers de ses faveurs.

Tu désires avoir des nouvelles de l'aventure amoureuse qui a charmé mon voyage. Je vois que ton imagination s'est montée là-dessus et que tu te prépares déjà à me renvoyer les railleries amicales que je t'adressais naguères. Retiens les traits prêts à partir. Déjà mon cœur a repris sa froide indifférence, déjà le souvenir du passé ne laisse plus de traces dans cette âme impassible que le malheur a remplie de pensées mélancoliques. Ce n'est pas que je m'ennuie ici. Le soleil du Midi répand sa douce chaleur dans ce cœur attristé. Je commence de renaître à la vie, et je sens que l'espérance d'un avenir moins lugubre brille encore dans ces rayonnements que l'astre généreux répand à profusion depuis six mille ans sur la nature entière. Aussi j'abuse des jours de soleil : c'est ce qui cause mon silence, et, — je l'ajoute aussitôt — c'est à quoi tu peux rendre grâces de recevoir enfin une lettre de moi. Cela n'est pas très-clair, mais écoute et comprends.

Je me promenais mélancoliquement à travers maintes et maintes rues, quand un paquet tombe soudain à mes pieds avec un bruit sec qui attire mon attention. Je lève la tête et j'aperçois là-haut, au sixième étage, une bonne vieille figure de sergent qui me fait signe de ramasser le paquet. J'ouvre et je lis le billet suivant :

« Ame généreuse qui passez dans la rue, daignez « mettre à la poste la lettre ci-jointe, après avoir mis « une enveloppe et l'adresse que vous trouverez en tête. « J'espère que vous aurez pitié d'un malheureux mis à « la salle de police, qui ne peut pas lui-même remplir « ce devoir pressant. Il vous en saura un gré supérieur « et sera heureux de vous adresser ses remerciements « si vous voulez bien venir le voir en demandant le mi- « litaire Jean Blanc, sergent de la troisième du second.

« Ci joint deux timbres-poste. »

Jean BLANC.

Je t'envoie sa lettre. Tu veux des aventures ; j'espère que celle-là te satisfera.

Je n'ai pas besoin de te jurer sur l'honneur qu'elle est bien authentique et historique. Ce sont des choses qu'on n'invente pas. Tu verras d'ailleurs que Jean Blanc est un admirateur effréné de Belmontet et tu sais bien que je ne perds pas mon temps à lire cet auteur, non plus qu'à composer des vers imités des siens, comme s'amuse à le faire ledit sergent. Mais il est temps de céder la place à Jean Blanc. Jean Blanc, mon ami, vous avez la parole.

A Mademoiselle Françoise Q.....a, couturière à Brignoles, chef-lieu d'arrondissement, (par St.-Zacharie et St.-Maximin) département du Var, en Provence.

O chère demoiselle Françoise !

Comment se fait-il que je sois maintenant à trois

étapes de celle qui a rallumé mon cœur de vieux soldat inflammable comme la poudre et le canon. Mes trois chevrons tressaillent de bonheur, comme un faible enfant, de penser que j'ai enfin rencontré dans la vie celle qui m'a promis de faire le bonheur de toute mon existence, comme récompense légitime de mes campagnes. Avec quelle joie toute guerrière je me rappelle l'agréable surprise de votre rencontre. Je me disais : « Jean Blanc, te voilà à Brignoles ; c'est une occasion de voir du pays. Il faut en profiter, mon vieux, çà ne se retrouve pas tous les jours de passer dans la cité Brignolaise. » Pour lors je m'astique, frotte, brosse ; et me voilà soudain dans la Grande-Rue, de pied en cap, avec toute cette barbe qui faisait votre admiration, chère demoiselle Françoise. Je mets la main sur le sabre d'un air qui vous écrase les pékins à quinze pas. Mon camarade de lit m'a dit bien souvent que pour çà je suis leur maître à tous ; aussi fallait voir comme je passais au milieu de la rue et des respects de tous ces bourgeois qui n'auront jamais de leur vie l'honneur d'avoir le moindre sabre au côté gauche, et tout Brignoles peut bien dire, la main levée sur la conscience, si j'ai contribué à laisser une opinion honorable du corps.

Tout à coup je débouche sur le Cours et je vois tout un régiment de filles qui se donnaient le luxe de la promenade. Je me dis : Jean Blanc voilà ton affaire. Je braque donc mes jumelles sur tout ce qui passe, comme quand le colonel, sauf votre respect, fait la revue. Pour votre honneur, chère demoiselle Françoise, croyez-moi, je m'y connais, je ne vous en dis pas plus. On n'est pas un conscrit quand on a brossé les Arabes, brossé les Russes, brossé les Autrichiens, brossé les Chinois, brossé les Mexicains. Et bien, cependant je vous jure toutes mes paroles les plus sacrées de troupier fidèle à la patrie, je vous jure en mon âme et conscience que, dans toute ma carrière militaire, pas une Arabe, pas une Russe, pas une Autrichienne, pas une Chinoise, pas une Mexicaine, ne m'a autant frappé le cœur comme à la minute éternelle où je vous vis soudain, que vous marchiez devant et que vous aviez cette jolie robe rouge qui s'arrondissait si bien sur les côtés et laissait voir si agréablement les deux commencements de vos jambes adorées. Oui, je vous le jure par tous les serments immortels, je sentis alors que l'amour allumait tous ses feux dans mon cœur de vieux soldat, incapable de tromper une faible femme comme vous, l'être le plus inoffensif de la terre. Oui, je vous le jure; j'entendis alors une voix qui prononçait dans mon cœur ces paroles mémorables: « Jean Blanc, mon ami, voilà une fille qui ferait merveilleusement ton affaire. » Je me vois encore marchant au pas derrière vous, quand tout à coup arrivée vers la croix, où il y a un si beau Christ blanc qui a dû coûter bien de l'argent, vous faites soudain avec vos deux amies un admirable mouvement de conversion à droite. Pour lors je fais oblique à gauche pour essuyer de près le feu du cher ennemi de mon cœur. — Vous connaissez le reste. Vous savez comment je vous ai suivie tout le jour à quinze pas, avec quelle adresse, quand la nuit sombre fut venue, je trouvai moyen de vous aborder dans cette rue propice si bien appelée rue des *Grands Escaliers;* comment je vous saluai, comment je vous demandai quelle heure il était, puis où était la rue *St.-Christophe;* comment je fis ainsi ingénieusement votre connaissance. Vous savez quel charmant espoir vous daignâtes m'accorder et comment vous m'avez refusé avec cruauté de répondre sur le champ aux feux si purs et si militaires qui embrasaient mon cœur de vieux soldat aguerri. Vous savez comment je vous ai revue le lendemain soir, le long de la rivière, sans rien obtenir, hélas! et avec quelle pénible douleur je partis, consolé seulement par la promesse des choses futures.

Vous m'avez demandé si je vous aimais, chère demoiselle Françoise. Mes yeux ont dû vous répondre mille fois que j'étais embrasé de l'amour éternel qui fait le bonheur de toutes les créatures sur la terre — depuis le tendre passereau jusqu'aux cruels crocodiles — et qu'un soldat sait si bien apprécier. Mes serments (*textuel*) de main ont dû vous mettre au courant de toute la sincérité d'un sentiment si doux que mon cœur éprouvait alors pour la première fois, depuis cette vie des camps où l'imagination se dessèche comme une fleur privée de la rosée du matin. Oh! chère demoiselle Françoise, si je vous aime? Je brûle, je me consume. Ah! combien mon cœur voudrait marcher au pas avec le vôtre. Me croirez-vous, maintenant que je ne suis plus là pour vous serrer doucement la taille? L'absence ne me fera-t-elle point tort? Je me souviens, avec orgueil, du moment adorable où penchée dans mes bras vous me demandiez, les larmes aux yeux, si je vous aimais bien. Je n'ai pas pu sur-le-champ trouver tous les termes de haute affirmation pour une réponse digne d'un vieux soldat. J'y ai pensé depuis, j'ai désespéré bien souvent d'imaginer des expressions d'amour assez fortes pour vous dire tout ce que m'inspire l'ange céleste que j'ai rencontré à jamais dans la vie pour la suite des générations. Combien de fois j'ai mis toute mon intelligence à chercher une comparaison assez frappante pour vous convaincre! J'allais y renoncer, quand soudain je me dis: « Jean Blanc, voilà ton affaire! » Ecoutez bien, mademoiselle, ce que je vais vous dire. Vous verrez jusqu'à quel point la pauvre âme d'un soldat est égarée.

Moi, qui dans le cours de ma carrière militaire ai toujours mérité les éloges de mes chefs; moi, qui suis empreint jusque dans l'âme de l'esprit hiérarchique; moi, qui sais à quelle distance infinie je suis de mon sous-lieutenant; moi, dont la vie est l'honneur même; moi, dont le dossier militaire ne porte pas la moindre infraction à mes devoirs de subordonné; moi, enfin, Jean Blanc, sergent de la troisième du second, j'ai osé me demander ce que je ferais si mon capitaine me disait: « Jean Blanc, mon ami, tu as une particulière qui me donne merveilleusement dans l'œil! » Et j'ai senti que jamais, non jamais, mon cœur ne pourrait consentir à vous partager, cher objet adoré, même avec mon capitaine! Que dis-je! J'ai fait plus, j'ai été jusqu'à me demander ce que je dirais si c'était mon colonel! comprenez-vous bien, mon colonel!!..... Et après avoir bien pensé, bien tourné autour, après m'être bien dit que cela n'arriverait jamais, que c'était une utopie insensée, j'ai osé m'en tenir à cette conclusion si totalement subversive que, si un jour, dans un moment funeste, l'idée lui en venait, mon cœur vous adore tant, chère demoiselle Françoise, que ce serait à en perdre la tête, que je ne saurais lequel faire de vous céder ou de désobéir.

O mes frères d'armes ! ô mes vieux compagnons de chambrée ! que diriez-vous si vous appreniez un jour quelle lutte j'ai soutenue alors dans mon âme perplexe ? Mais vous me pardonneriez, si on vous montrait soudain le cher objet sacré qui balançait dans mon cœur mes fidèles sentiments de subordonné.

L'émotion m'anéantit ; je me sens troublé jusque dans les entrailles... et vous me demandez si je vous aime!...

Vous m'avez dit encore que peut-être nos âges n'étaient pas en proportion. N'en croyez rien, chère demoiselle. Un soldat est toujours jeune et les chevrons sont des symboles d'honneur et non pas de vieillesse. Si vous aviez habité les grandes villes, vous verriez que tous les militaires, depuis les plus hauts gradés jusqu'aux simples fusiliers, aiment à se marier dans leurs vieux jours avec des jeunesses : ce qui prouve bien qu'un soldat est toujours capable de remplir son devoir envers la patrie. Je ne vous parle pas de la gloire des lauriers que chacun de nous a cueillis sur les champs de bataille et de ces balafres si belles qui, au lieu de nous défigurer, font de nous des sujets d'envie. Tous les militaires savent ça. La considération en rejaillit sur le corps entier. Les conscrits eux-mêmes, qui n'ont jamais vu le feu, sont souvent plus occupés par les loisirs de la garnison qu'en rase campagne. Je ne vous en dis pas plus. Songez d'ailleurs avec quel orgueil vous pourrez paraître dans les fêtes, au bras d'un ancien sous-officier militaire de l'Empire Français. C'est pour lors que toutes les jeunesses de Brignoles envieront votre sort, ô chère demoiselle Françoise ! Et plus tard, quand je serai descendu à jamais dans le cimetière avec la douce attente de vous y revoir un jour à mes côtés, tout bon Brignolais dira en vous montrant : Voilà la veuve de Jean Blanc, ancien sergent de la troisième du second.

Mais pourquoi mêler des idées lugubres aux sources de mon bonheur ? Ah ! je m'écrierai plutôt que nous ne mourrons pas. Oui, oui, je veux que nos amours immortalisées à jamais passent jusqu'à la postérité de nos derniers neveux ; car je dois vous le dire, puisque cela est vrai : j'ai acquis comme par enchantement le don de la poésie. Vous ne me croiriez pas si je ne vous donnais un échantillon des productions de ma muse, mais la reconnaissance me force à vous parler d'abord des immortelles poésies de M. Belmontet, le plus grand poète que la France ait jamais vu peut-être et qu'une heureuse chance m'a révelé. Il faut vous dire premièrement que j'ai le talent de flâner à la piste des vieux livres qui ne coûtent pas cher. Je prends toujours, soyez-en sûre, chère demoiselle Françoise, les livres les plus moraux qu'on pourrait mettre entre les mains d'une jeune fille. Je ne vous citerai que les *Fastes de l'Église pour les douze mois de l'année* par feu messire Antoine Godeau, Evesque et Seigneur de Vence où je trouve en particulier cet admirable passage qui peint d'une manière symbolique si vraie l'état de mon cœur et qui démontre si subséquemment (*textuel*) qu'il faut suivre la grande voix de la nature :

Comme un lion qui croit, dans son affreux séjour,
Avèque la lionne assouvir son amour,
S'il survient de chasseurs une troupe vaillante,
Qui s'oppose aux souhaits de son amour ardente,
D'un horrible courroux son cœur est agité
Et la rage d'amour accroît sa cruauté.

Je me promenais donc l'autre jour sur la *Cannebière* lorsque je vois flamboyer ce titre :

POÉSIE DE L'EMPIRE FRANÇAIS

par

LOUIS BELMONTET

DÉPUTÉ AU CORPS LÉGISLATIF

Le volume était marqué 20 *Centimes*. Je me dis alors : Jean Blanc, mon ami, voilà ton affaire ! Je manœuvre habilement et je fais baisser le livre à deux sous.

O heureux hasard ! ô jour trois fois béni ! ô révélation soudaine d'un talent poétique que la nature avait caché !

Il m'était tombé entre les mains, dans le temps, de vieux volumes d'un certain pékin nommé Corneille, mais je l'avais trouvé tout-à-fait impropre à me former dans la poésie, car j'avais souvent essayé d'attraper son genre sans y réussir. Combien tout est changé aujourd'hui ! En moins de six jours, les chefs-d'œuvre immortels de Belmontet m'ont mis en état de vous faire des pièces de vers, et cela, au moyen de remarques très-simples que l'intelligence la plus obtuse pourrait faire aussi bien que moi.

Vous pourrez essayer vous-même, chère demoiselle Françoise, et je ne doute pas que vous n'arriviez en deux séances à faire de très-beaux vers, après avoir lu seulement une fois un petit traité que je ferai à votre intention.

Il sera court mais bon, je l'espère. Nous le publierons le jour de nos noces qui ne peuvent tarder d'arriver, et je compte vous offrir alors un peu de réputation, si toutefois les Français ne sont pas tombés au dernier point de l'échelle sociale par suite des romans de Ponson du Terrail.

Nous pourrons faire suivre ce petit traité des deux pièces de vers que j'ai composées à votre honneur et que je vous envoie ci-jointes. J'ai fait la première au moyen des seules règles du Traité ; aussi c'est de beaucoup la meilleure, bien qu'elle soit encore si loin des poésies inimitables qui m'ont servi de modèle. Dans la seconde je me suis hasardé à marcher seul ; mais pour ne pas trop entreprendre à la fois, j'ai raccourci autant que j'ai pu les seconds vers, ce qui rendait le travail presque moitié moins long.

Vous me pardonnerez, chère demoiselle Françoise, de ne pas vous offrir encore des chefs-d'œuvre dignes de vos charmes; je n'en suis pas moins pour la vie éternelle, celui qui se dit avec un respect supérieur, votre très-respectueux admirateur et dévoué subordonné.

Jean BLANC.

A LA PLUS BELLE COUTURIÈRE DE BRIGNOLES

1° *Pâle imitation des immortelles poésies de Belmontet.*

Si vos yeux, ô Françoise, au milieu des fanfares,
Pour diriger mes pas voulaient servir de phares,
Dans un vaste bonheur nous jouirions alors
Des plaisirs que créeraient nos amours tricolors.
Vous pourriez mettre au jour, grande comme un fantôme,
Un enfant, de nous deux superbe et second tome!
Dans cet apostolat, respirant corps à corps,
Nos deux âmes auraient de sublimes accords,
Et votre cœur verrait, du haut de la spirale,
Que l'homme est pour la femme une grandeur morale.
J'en jure sur l'honneur (les cœurs sont ainsi faits)
Mes serments de l'amour ne sont pas contrefaits;
Oui, mon cœur, ô Françoise, aime à perte de vue,
Car monter vers le ciel c'est aller dans la nue;
Et n'est-ce pas haïr qu'aimer à reculon :
L'amour que j'ai pour vous est une charge à fond.

2° *Vers moins sublimes où j'ai essayé de marcher sans guide.*

Hélas! qui m'aurait dit qu'elle était si cruelle,
Elle!

Je n'avais rien connu de plus aérien,
Rien.
Vénus devait paraître, en sa grâce immortelle,
Telle.
Sa voix sonore et douce avait un si touchant
Chant,
Et je la trouvais tant, malgré son cœur rebelle,
Belle !
Hélas ! qui l'eût jamais à mon cœur interdit
Dit,
Qu'un cœur si jeune encor n'était qu'une insensible
Cible,
Où ne pourrait jamais atteindre le tremblant
Blanc,
Ni la flèche d'amour faire quelque blessure
Sûre ?
Je suis pour le malheur, toujours infortuné,
Né.
Quel bonheur si pourtant, pouvant dans mon délire
Lire,
Vous me disiez après quelques doux entretiens :
« Tiens,
« Reçois l'offre d'un cœur qui, pur comme au baptême,
« T'aime ;
« Je t'abandonne tout, et, si tu me comprends,
« Prends ! »

Que penses-tu de l'ami Jean Blanc ? Est-il assez admirateur du poète Belmontet qui s'intitule poète de l'Empire français et qui croit l'être, comme si sa muse avait assez de souffle épique pour parler dignement d'un génie comme Napoléon et qu'il fût permis à d'autres qu'aux Appelles de peindre des Alexandre.

LETTRE V.

SAINT-GENEST A ALFRED P.....

Marseille, 7 *Février* 1869.

J'ai appris avec plaisir que la lettre de Jean Blanc t'a fait passer un bon quart d'heure. Je ne m'attendais pas cependant à te voir pousser l'enthousiasme jusqu'à t'écrier que tu voudrais le connaître. Mais puisque cela peut faire ton bonheur, il était de mon devoir de satisfaire cette respectable fantaisie, et pour combler tes vœux je suis allé voir hier notre ami le sergent.

Je me présente donc à la caserne, demandant si l'on peut voir le militaire Jean Blanc, sergent de la troisième du second. Avec un léger sourire ironique le concierge s'écrie : « Ah ! Ah ! Jean Blanc le poète ! mais certainement Monsieur ; il a justement fini ce matin ses six jours de salle de police. »

On me conduisit dans son casernement.

Il me faudrait ici un pinceau bien réaliste pour réussir

à te peindre fidèlement dans toute sa vérité la bonne figure de troupier qui se dressa devant moi quand j'entrai.

Imagine un débris surchargé d'années, de gloire et de chevrons.

Figure-toi une petite tête rasée, un petit nez camus, de petits yeux éteints, environnés, masqués, cernés d'un buisson, d'un taillis, d'une haie de poils, barbe, moustache ; mets sur tout cela du hâlé, du roux, du terreux, du grisonnant, tu auras alors une faible idée du physique de Jean Blanc et tu comprendras avec quel orgueil bien légitime notre ami le sergent parlait dans sa lettre de toute cette barbe qui faisait l'admiration de mademoiselle Françoise. Pour le moral Jean Blanc est un phénomène. Il a brossé toutes les nations du monde. Il a fait triompher les arrrmes de la Frrrance dans toutes les régions de l'univers. Il a combattu pour l'honneurr de l'Empirrre frrr...ançais. Et dans toutes les circonstances de sa carrierrre militairrre il a cultivé Vénus en même temps que Mars et Bellone. Il a eu sous toutes les constellations des aventures galantes. Il ne s'en cache pas. Il les raconte à qui veut l'entendre. Sa figure, d'ailleurs, parle éloquemment pour lui et il s'en vante. Il faut l'entendre raconter avec orgueil toutes ses conquêtes, depuis cette femme russe qu'il a trouvée endormie sur un gabion devant Sébastopol, jusqu'à cette fameuse chinoise près de laquelle il a rempli par intérim les fonctions de mari, au lieu et place d'un mandarin lettré de première classe très-connu dans le monde officiel de Pékin. Eh bien, malgré toute l'expérience qu'il a acquise dans sa vie militaire ; lui, qui a cinquante ans sonnés ; lui, qui devrait être blasé jusqu'à la moelle des os; lui, qui devrait se méfier de la vertu des femmes pour l'avoir trouvée si souvent en défaut; lui enfin, Jean Blanc, sergent de la troisième du second, trouve moyen de tomber amoureux. Il croit l'être, et, phénomène plus invraisemblable, il l'est peut-être. Il a des larmes dans les yeux quand il parle de la belle couturière de Brignoles. Elle est sa vie, elle est son âme (*textuel*). Il n'a plus qu'un désir : quitter le régiment et couler d'heureux jours dans les bras de mademoiselle Françoise, sans se dire qu'à Brignoles, comme partout ailleurs, il se trouvera sans doute plus d'un amateur pour lui faire à son tour le même intérim qu'il fit au mandarin. Je lui insinuai cette idée d'une manière habile. Il me répondit que les militaires n'ont jamais peur ; que ces choses-là n'arrivent qu'aux astronomes assez insensés ou assez philosophes pour quitter le lit conjugal afin d'observer les phases de la lune dont le croissant devrait pourtant leur indiquer clairement ce qui les attend, et que lui Jean Blanc couperait les oreilles du drôle qui..... Il termina sa phrase par le plus magnifique sacrebleu qu'une bouche humaine ait jamais prononcé.

Tu ne connaîtrais qu'à moitié Jean Blanc si je ne te parlais un peu de ses goûts littéraires et de ses tendances poétiques. Belmontet est son Dieu, et lui, Jean Blanc, est son prophète. Avec quel orgueil national il parle de la sublime poésie de l'Empirrre Frrrançais, chef-d'œuvre des chefs-d'œuvre (*textuel*). Il en a fait une étude approfondie. Il la rédige. Il la publiera. Elle doit sauver l'humanité. Elle enseignera des moyens ingénieux de composer, composer, composer des vers. Tout français sera poète comme il est soldat : et tout cela grâce à des remarques très-simples qu'il a faites sur la structure des vers du sublime Belmontet (*textuel*). Je lui avouai que j'aurais un certain plaisir à lire le traité qu'il comptait publier prochainement, et que cela produirait à coup sûr une révolution très-heureuse dans l'Empire des lettres, puisqu'au lieu d'avoir deux ou trois vrais poètes seulement, comme François Coppée par exemple, on les compterait désormais par centaines. Je lui fis cependant quelques timides objections sur le petit nombre des vers de Belmontet qui me revenaient en mémoire; mais il me donna sa parole d'honneur de sous-officier français que tout est sublime dans son auteur — et qu'il le démontrerait. Je dus donc me taire, me promettant bien de rire comme jamais cela ne m'arriva, quand je verrais paraître l'ouvrage suivant, dont Jean Blanc me confia le titre sous le serment du secret :

PETIT TRAITÉ EN SIX TEMPS

pour former autant de Poètes qu'on voudra

qui puissent marcher sur les traces

de l'illustre poète LOUIS BELMONTET

par

JEAN BLANC

Sous-officier militaire de l'Empire Français.

Nous nous séparâmes enchantés l'un de l'autre, car tu comprends bien que je fis l'aimable avec un homme aussi précieux que notre ami le sergent, dans l'espérance qu'il me confiera désormais avec candeur toutes les élucubrations que lui inspirera mademoiselle Françoise, aidée du poète Belmontet.

Combien il y a loin des drôleries de Jean Blanc aux confidences que tu me fais de ta passion. J'étais ému en lisant cette longue et charmante lettre où tu m'ouvres ton cœur. Il faut que l'amour ait un charme bien doux pour que sa seule peinture ait tant d'attraits. Tu redoutes mes railleries, cher Alfred, mais tu n'as plus à les craindre. Oserai-je te le dire? Sans être encore amoureux, j'éprouve cependant un sentiment jusqu'ici inconnu. Je croyais cela passé quand je t'écrivis la dernière fois, mais je me trompais moi-même. Le souvenir de la douce aventure me revenait malgré moi, et malgré moi charmait tous mes instants. J'ai tout lieu de croire que l'héroïne de mon voyage est à Aix, car elle a quitté le wagon à l'embranchement de Rognac. Je saurai d'ailleurs, dans peu de temps, si mon hypothèse est vraie. Je pars pour Aix par le train de cinq heures trente-cinq. J'aurai là une magnifique occasion d'apprendre s'il suffit d'un simple hasard pour décider de toute une existence, car la revoir ou ne point la revoir, c'est peut-être toute la question :

Or to be, or not to be, that is the question.

Je veux profiter des moments qui me restent pour répondre aux questions que tu m'adresses sur la mer. Tu veux savoir, cher Alfred, l'effet que sa vue a produit sur moi. Tu me demandes si l'horizon sans bornes qu'elle déroule aux regards n'a point ému ce cœur qui sait comprendre et goûter la poésie de la nature. Tu ne t'es point trompé, mon cher ami, et je suis surpris de ne t'avoir pas encore parlé des émotions nouvelles que ce spectacle m'a révélées. Le lendemain de mon arrivée, je louai une voiture pour faire une reconnaissance rapide de Marseille et de ses environs. Ma première visite fut à la mer. Le cocher me conduisit devant le port et me dit : « la voilà, monsieur ». Or, tu sauras un jour, si tu viens à Marseille, que le port ne communique à la mer que par un étroit canal masqué par des rochers, de sorte qu'on n'aperçoit pas du tout cette immensité qui, dans tous les pays du monde, constitue la mer. J'expliquai cette différence à mon prosaïque automédon qui croyait tout me montrer en me faisant voir de l'eau salée.

— Je vois ce qu'il vous faut, me dit-il. Je vais vous mener au Prado.

— Qu'est-ce que le Prado ?

— C'est une promenade d'où l'on voit la mer.

— Est-ce loin ?

— Eh ! Oui. C'est une petite course.

— Menez-moi au plus près.

Il me conduisit alors aux ports nouvellement construits.

— Voilà votre affaire, me dit-il, montez seulement là dessus.

Je saute de voiture ; j'escalade la jetée qui me cachait l'objet de mes rêves, et mon œil est ébloui soudain par le ravissant spectacle d'une mer aux flots d'azur où paraissent immobiles, au loin, les blanches voiles gonflées par la brise. Mes yeux ne pouvaient se détacher de cette immensité dont ils cherchaient en vain à trouver les bornes, et je serais longtemps resté dans cette contemplation, s'il ne me fut venu à l'esprit que peut-être le cocher, derrière moi, me regardait avec raillerie en haut de cette jetée où je restais sans mouvement. Combien de fois, depuis lors, j'ai voulu de nouveau savourer la douce émotion de contempler cette mer infinie où mon imagination errait avec délices ! Combien de fois j'ai voulu goûter le plaisir mélancolique de me sentir bercé au large sur la cime des flots mouvants, pendant qu'une brise rapide m'éloignait du rivage !

Je fis dernièrement une ascension à Notre-Dame de la Garde, chapelle dédiée à la patronne des matelots et située sur une montagne qui domine Marseille. C'est là qu'est religieusement conservée la statue de la *Bonne-Mère*, statue révérée et promenée en procession par toute la ville dans les grandes occasions. Je dois t'avouer que je n'avais pas fait cette pénible ascension pour voir la dite statue malgré la dévotion dont elle est l'objet, chez des marins qui passent leur vie à jurer de la façon la plus militaire, sauf à invoquer dans le péril cette madone qu'ils ont portée en procession. Je n'entrai même pas dans la chapelle, et, en vérité, pour élever mon âme à Dieu, cette mer qui s'étendait à mes pieds produisait plus d'effet que toutes les chapelles du monde. Je ne laissai pas cependant de m'approcher de la porte pour y écrire au crayon une petite pièce de vers, pleine d'actualité, due à ce fameux Chapelle qui fit dans le temps l'illustre poëme de la *Pucelle*. Il parait que ce Chapelle qui raillait Boileau, était jaloux de ce capitan matamore nommé Scudéry, qui insultait Corneille. De pareilles choses se voient de temps en temps pour l'amusement du public. Le petit amour de la vengeance avait d'ailleurs assez bien inspiré les railleries de Chapelle. Il s'écrie donc en parlant de Scudéry :

Le cardinal, sans jugement,
Lui donna le gouvernement
De Notre-Dame de la Garde,
Gouvernement commode et beau,
A qui suffisait pour sa garde
Un suisse avec sa hallebarde
Peint sur la porte du château.

Tu pourras lire ces vers, sur le battant gauche de la porte, si tu viens, quelque jour, faire une excursion sur les bords méditerranéens.

Après avoir payé ainsi mon tribut à la mémoire de ces drôles du temps passé, je contemplai la mer qui ne m'avait jamais paru si belle. Le souvenir des peintures d'Homère renforçait encore l'impression ineffaçable, à jamais gravée dans mon cœur, par le spectacle sublime que présentait à mes yeux mouillés de larmes le vaste horizon perdu là-bas dans les profondeurs de l'espace, au milieu des brumes lumineuses et scintillantes qui couronnent au loin la surface des mers. Ah ! combien alors je sentis la douceur de vivre, et combien les vains plaisirs fugitifs que donnent la naissance et la fortune, me parurent peu de chose auprès des pures jouissances que fait naître dans une âme sensible la muette contemplation de ces spectacles grandioses où l'immortelle nature répand à profusion la suprême poésie ! Je suivais des yeux, avec une joie enfantine, les gracieux mouvements des goelettes disséminées dans la vaste étendue. Une petite escadre de bâtiments marchands, qui sortit tout à coup du port et qui bientôt mit voile au vent, donna un cours plus sérieux à mes pensées. Il me sembla voir la civilisation moderne portée par ces navires aux rivages africains ou, peut-être, jusqu'en l'extrême Orient. Je maudissais les préjugés de nos ancêtres qui, en méprisant le commerce, refusaient d'enrichir la nation sur laquelle s'engraissaient leurs castes orgueilleuses et inutiles. Je rendais grâce à Voltaire, qui, dans un siècle où les arts étaient dédaignés, dédiait Zaïre à un marchand anglais, et ne ménageait point, dans son épître dédicatoire, les petits maîtres de France et d'Angleterre qu'il appelle « l'espèce la plus ridicule qui rampe avec orgueil sur la surface de la terre ». Ces digressions historiques où se laissait entraîner ma pensée m'amenèrent peu à peu, en remontant le cours des siècles, jusqu'à ces temps barbares où florissait la féodalité, et cette mer méditerranée me rappelait ces expéditions lointaines dont elle fut témoin..........

. . . .

Mais il est temps de m'arrêter.

Je t'écris tout cela du café Bodoul, situé dans l'agréable rue St-Ferréol. Je me hâte d'aller faire ma valise pour Aix. C'est là que nous aurons du nouveau.

www.ingramcontent.com/pod-product-compliance
Ingram Content Group UK Ltd.
Pitfield, Milton Keynes, MK11 3LW, UK
UKHW021652260726
13994UKWH00003B/1432